시간여행, 그리움을 담다

II 부

Ⅲ부

IV부

I 부

해돋이

소나무 사이로 밀려오는 아침 바다

호롱호롱 이슬방울 솔가지에 매달고

꽃떨기 붉게 물든다. 기쁨으로 물든다

갯여울 하얀 백로 느릿걸음 멈추고

노란 꽃무리 위 하얀 나비 작은 몸짓들

저 산에 구름두레박 해오름을 서두른다

초봄의 초대

이 땅 위 들꽃과 나무, 하늘 아래

겸손한 사랑이 하얀 낮달이 되어

싱그런 봄바람 담은

아낌없는 내 사랑

모두와 함께 한 겨울언덕 넘어서

허다한 어려움들 잘도 참고 잘 견디었다고

사무사(思無邪) 시들지 않는

장미창(窓)이 정겨워라

제비꽃

까치발로 지켜준

풀뿌리 사랑이

봄눈 맞고서야

해 마중 나왔어요

보랏빛 작은 기쁨에

나의 시름 사라져요

들꽃 하나

바람이 분다

하얀 들꽃, 하얀 구름

망각된 그림자가

내 뒤를 밟는 날에

무시로

뒤로 뒤로 돌다

봄 햇살을 감는다

봄

초롱 송송 초롱 송송
차가운 바람 견뎌내고

이파리보다
먼저 나와
꽃이 되어 웃는다

움트는 봄이 좋아라
햇빛 좋아 웃는다

개망초

풀밭 위에 던져진 맘
포기하지 않은 사랑
높다란 솔숲 위로
그대 생을 위안하며

더 밝게 피어오를 것을
기약하는 등빛입니다.

겹먹지 않은 듯한
소박한 삶을 위하여
비와 천둥소리보다
무지개를 꿈꾸며

당신이 주신 생명을
감싸 안은 아픔입니다

산철쭉

산비탈에 미끄러진
햇살 하나 주웠다

틈입하는 시선들
나부끼는 분깃들

네게는
서투른 장독(杖毒)
마다하면 안 될까

목련

잃어버린 나를 찾는 내게
미소 짓다

아주 작은 사소함에 박수를
터뜨리는

고삐 쥔
사월의 그림자...
내 안의 나
시험 중

하늬바람

지나는 길목마다
꽃망울이 부퍼지고
나직한 그대 음성
가지마다 그득한데
언덕 위 메마른 하늘빛
마디마디 시려라

색도 없는 까막눈이
어둠 속에 헤치고는
따스한 그대 손길
줄기마다 물드는데
풀밭 위 엉킨 가슴들
이슬이고 싶어라

망설이다 다가서고
다가서다 뒤돌아서는
못다 한 그대 사랑

길섶에다 피우려나

울타리 가시덤불에

솟구치는 불이어라

5월의 노래

흰꽃나무 감사함이
산하에 가득하다
상쾌한 산들바람이 아낌없이 사랑 담는

뜨거운 속살거림이
푸나무 위에 불어온다

사랑하고 사랑한다는
평강과 은혜 넘치는
새 기쁨과 용기로, 새 힘과 새 노래로

향긋한 사랑 이야기
내 뜰 안에 피어난다

노랑어리연

(수병용사의 넋을 기리며)

어리어리 나의 사랑 수면 깊이 머금고

햇살 내어 일어나라 하늬바람 노래하네

풀섶에 잠든 별뉘*여 아름다운 사람아

사월은 가없고 오월이 그린 세상

생명이여 일어나라 산과 들이 폭죽이네

길마다 감사의 꽃다발 어리어리 내 사랑

* 천안함 수병들의 영혼을 기리며 노랑어리연을 빗댄 말

파도 1

안개 낀
바다 위에
표류하는 아픔

뭉친 타래
풀어내며
퍼올리는 속엣말

언젠가
떠날 채비로
자신과의 투쟁 중

파도 2

우르릉 쾅

휘잉

윙

폭우주의보 걱정인데

밤

새껏

그렸다가

지우고

또 그린다

쏴악 쏵

그만해도 될 텐데

아깝게 또 지운다

바다

바
　다
　　가
　숨쉰다
　잔물결
　　너울너울
　　　바다가 숨을 쉰다
　은비늘 금비늘같이
　더빨리 바람보다 더
　　　너울너울
　　　　숨
　　　　쉰
　　다

궁남지 연꽃

들길이 적선하는
오뉴월이 속삭인다
행복을 뒤쫓는가
휴식을 구하는가

호롯이 피어난 그대
거룩한 첫사랑아

흐르는 시간의 추
행복이 손짓한다
언제나 궁남지 가면
어느덧 큰 기쁨이

내 마음 가득 채우리
천만 송이 여신이여

소리 바람

푸르른 소리 모아
해당화꽃 피어나나

비탈진 운동장에
햇살로 그린 이야기

담쟁이 밤새가 되어
높이높이 비상하네

눈부신 아침이면
까치꽃도 좋아라

어느 날은 거칠게
어느 날은 부드럽게

잎사귀 한 줄기 바람에
짐 가방이 가볍네

10월이 오면

1.

다 저녁 가을 하늘

갈매 구름 어디가나

주황빛 해당화 울타리

기다림은 이제 접자

한 자락 새털구름 걸어

아픈 마음 지워내자

종일토록 눈이 시린

그리움은 멀리 멀리

사랑보다 깊은 아픔

하나하나 털어내자

한 조각 낙엽 날리며

괴로운 맘 달래보자

2.

햇살 하나 한 잎 두 잎
가을을 모아 모아
갈잎새 그리고 하얀 구절초
피운 오늘은

억새꽃 한 아름 안은
푸른 10월을 보아라

이 가을날 귀 기울이면
등 돌린 속삭임이
초조함과 서운함에
단풍잎새 떨군 그 마음도

그대여 넉넉한 물여울에
파란 하늘 띄워보자

보리 피리

보리밭 사잇길을

걷고 또 걸으며

스승님 가르침과

그 당당함이 이룬

가슴과 가슴 안으로

아름아름 뿌리 내려

한 걸음에 달려온

소망촛불 켜 놓은

아낌없는 그 사랑은

열구름 춤사위라

높푸른 너털웃음에

돋은 별이 머무는 곳

낙엽과 함께

들꽃이 되고 싶은

봄이 가고 가을 오면

할 일 다 한 낙엽들이

말없는 말을 건네며

내게 와 손을 내민다

작은 비행을 한다

산책

흔들어대는 대로

움직이는 나무이고

울리는 선율대로

떠도는 구름이고 싶다

산턱의 색깔이 고와

수첩에다 끼웠다

비상

벼 익은 누루매 들판
저 끝 산자락 위

노을진 오색구름
연달아 피어나니

붓끝에 비상하고파
고뇌만이 아름차다

홍제천 사계
(봄 · 여름 · 가을 · 겨울)

봄 /

때때로 개여울 물소리에 귀기울여보라

들려오는 봄의 소리 평강과 은혜 그리고 사랑

바위틈 풀꽃 한 송이 물 오른 속삭임들

때때로 고개를 들어 하늘을 보아라

푸나무 사이 부리 긴 하얀 새 한 마리

가끔씩 머물다 가듯 감사의 노랫소리

여름 /

연초록빛이 흐르는 꽃시계가 울리면

저만치 들려오는 정겨운 소리여울

서로를 알지 못해도 우리들은 잘 알지

너와 나 홀로 되어 떠도는 구름 한 점

왜가리 반기고 살진 물고기가 춤추는 곳

한여름 쏟아내는 별들 흘러 흘러 내게 오네

가을 /

햇살 좋은 아침이 우리들을 오라 하네
바삐 가는 길모퉁이에 옹기종기 물오리들
언제나 스쳐 간 데도 아랑곳도 않았는데

오늘은 계곡물에 흰 구름을 적셔놓고
작은 새는 아름다운 10월을 노래하네
쏟아진 폭우 속에서 끄떡없이 버텼구나

다 저녁에 들려오는 휘파람이 즐거워라
코스모스 망초꽃이 꿈꾸는 자전거 타고
또 다시 가을이 오면 살아가는 정겨움

겨울 /

첫눈 오는 겨울 오면 만나자 약속했지

나무 위 작은 새들 시샘해도 소용없어

쌓인 눈 발자국마다 징검다리 놓아두자

달빛 젖은 이 계곡에 걸터앉은 하얀 속삭임

얼음장 끝자락에 밤새도록 덮어둘까

잊혀진 겨울 이야기 너럭바위 싫지 않다

Ⅱ부

행복이란

작은 꽃망울 같은 좋은 말 좋은 생각

날마다 피어나니 소망빛 새싹이다

맑은 눈 깜박이는 너

삶의 신호등 같은 것

고운 무지개 같은 속삭임, 작은 음성

날마다 솟아나니 솜사탕 별꽃이다

옹알이 기특한 아가

사랑 꽃다지 같은 것

사랑 1

단추가
떨어졌다
서두르지 못했다

불현듯
생각나서
가슴을 꿰매었다

이어진
따스한 역사
어머니의 햇살이다

사랑 2

여름 햇살,
숲이 좋다
초록빛에 그 소리...

찾을 수 없어
어미 새, 또 오르고

들을 수 없어
아기 새, 또 외치고

사랑을
주고받는 산
물리도록 배부르다

어느 아침

푸나무 숲길에
일렁이는 푸른 하늘

나무 끝 흐름마다
행복이 묻어난다

이 아침
엉겅퀴 꽃은
길목마다 꿈꾼다

귀갓길

빠듯한 일정대로 산줄기가 겹쳐져

병풍으로 가려진 지리한 생활들

갯버들 길섶의 마음, 책갈피에 끼워둔다

성미산 이야기

크나큰 감사의 노래
운동장에 울려 퍼진다.
상쾌한 산들바람이 아낌없이 사랑 담는

정겨운 속살거림이
푸나무 위에 걸려있다

깨끗한 마음과 마음
감사함을 고백한다
우뚝 선 나됨을 모두 내려놓으라고

건강한 사랑 이야기
맘 뜰 안에 피어난다

우리들은

1.

회오리바람 소나기는
잠시 잠깐이야
만남과 헤어짐을
겸허하게 받아들이자

사령(死靈)의 터널 지나면
자작나무 숲길이라

2.

두려워하지 않음이
후회 없는 삶, 사랑이야
쉽지 않은 우리들의
잊혀진 얼굴들

해질녘 달그림자에
너털웃음 지으리다

풀꽃의 노래

보이지 않아 멈추어 다가설 때

그 강가 앉은뱅이 꽃다지가 되었다

피어날 때를 아는 풀꽃

아름다운 그 순종

들리지 않아 가끔씩 멈춰 설 때

그 창가 담쟁이 달빛으로 떠오른다

그 순례 끝나고 나면

사랑의 노래 부르리

들꽃으로 피어나면

고즈넉한 길섶에 핀

자줏빛 붓꽃이 되어

지치고 지쳐도

혼자는 걷지 말라고

못다 한 슬픈 이야기

그 책갈피로 남으리

소망

희망의 옹알이가

반가운 아침입니다

들려오는 외침마다

내딛는 발걸음마다

새 기쁨 세상 가장 밝은 소리

새 힘 흐르는 뿌듯함

연(蓮)

서동의 마, 궁남지에

모두어

연잎새로...

기다릴 줄 아는

지켜줄 수 있는

거짓도

아름다워라

사람이 사랑이라

그것 때문이었어

꿈이 가득함에도 이렇듯 강한 슬픔이

코스모스 같은 까닭은 단 하나뿐

당신의 한 줄기 목소리 그것 때문이었어

유머와 재치 넘쳐도 흐르는 눈물이

유난히 아름다웠던 까닭도 단 하나뿐

애틋한 그대의 마음 그것 때문이었어

이팝나무 꽃피는 계절마다 찾아오리

철부지 그리움도 철마다 스며들어

가없는 사랑열매로 그려지는 삶이지

그래도 사랑하니까

칼바람, 땡볕이래도 이맘쯤 피어납니다
이른 봄 한데 어울려 순하고 고운 그 마음
있을 곳 반듯이 앉아
웃는 꽃이 되렵니다

길모퉁이 돌아서면 겸허한 눈짓으로
슬기로운 꽃으로 피우려 애씁니다
기다림 빛나는 향기로움
샤론의 꽃을 원합니다

해와 바람, 그리고 벌과 나비, 작은 새
투덜대는 목소리가 내게까지 들릴 때면
그래도 사랑하니까
꽃이 된다 말합니다

인연

이유 없이 비난만 하는 세상 속에서도

봄 햇살은 좋아라

굳은살을 벗긴다

연둣빛 사랑 줄기로

꿈꾸는 달의 벽화

자신을 귀하게 타인을 소중하게

귀찮도록 속삭이는

물오름 잎새들

미뤄진 내 본분 앞에

매달린 문고리

안부

집에 가다가 하늘을 보았다

아침에 본 하얀 달이 나뭇가지에 걸터앉아 나를, 이제껏 나를 기
다리다 작은 안개꽃을 가만가만 흔들어 깨웠다. 그리고는 송이
송이 접시꽃마냥 활짝 웃더니

아직도
길 잃을까 봐
엄마 엽서 전한다

오직 사랑만

시작도 없고 끝도 없는

겨운 삶에도 아랑곳 않는

들꽃과 가을 하늘

보이지 않는 우리 주님

깊은 밤 풀벌레 소리

긴 혈서를 지우신다

오지 않는 그 목마름

멈춤이 없고 그침 없이

낙엽 지는 가로수길

막막한 앞을 가로막고

어스름 동녘 산등성이

채색옷을 입히신다

보이지 않은 듯이

항상 곁에 있었다고

나타나지 않은 듯이

그 맘에 늘 있었노라고

사랑을 쓰고 또 쓰고

주는 오직 사랑만...

더없는 행복

1.

햇살 좋은 봄부터 하늘 맑은 가을까지

나무는 가진 것을 나누고 나누오

어린 싹, 여린 꽃잎 빈 가지에 작은 새는 즐겁다

2.

생각 없는 저녁 바람, 남은 잎새 흔들어

작디작은 벌레에게 인심 쓰오

구름 위 설산 덮는 함박눈 세상 더없는 행복이다

감사의 노래

1.

갈꽃이며 코스모스가

저토록 아름다운 건

작고 큰 흔들림에도

거슬림 없는 순종임을

먼발치

견딜 만큼만

이우는 삶의 축복

2.

솔숲 사이 하얀 낮달

푸른 물을 거푸 끼었고

저 산자락 위에

덩그마니 앉다 서다

버릴 것

돌아설 것에 대한

착한 미련, 그 마음

기쁨

욕심 버리고 미움 버리고
노여움 버릴 때마다
그래 그래 끄덕이며
피어나는 맑은 눈
맘 사랑 기쁨꽃 가꾸어
나누어 줄 마음 열매

작은 꽃망울 같은
좋은 말 좋은 생각
날마다 피어나는
소망이 있다
맑은 눈 깜박일 때마다
기쁨이 샘솟는다

축복 1

숱하게 되뇌다
말문 연 아가 소리
아직도 우렁차다.
별빛을 한데 모아
밤새껏 주문을 외더니
아침 햇살 눈부시다

이처럼 찬란한 건
기쁨에 기쁨을 더한
몇 겹의 사랑이 공중 회전하는
이 세상에 하나밖에 없는
특별한 세상 시름 덜어주는
신이 주신 선물이다

축복 2

햇살 한가득 머금은 네 앞에

박 터지듯 벙그는 소망, 그 소리

온 누리 감사의 노래

빗장 여는 나의 사랑

까아만 눈망울에 진주 보석 가득하고

어여쁜 눈웃음에 기쁨 사랑 가득하네

내 사랑 주님의 손길

소망의 문 열렸구나!

나의 사랑이여

차마 그리운 날에는 나무를 보라

바람에 흔들리는 여린 잎새라 해도

키 작은 나무이어도

아름다운 꿈이 있지

섧디섧운 마음 알아주는 낮달이 있고

밤새 앓은 맘 달래주는 따슨 햇살도 있어

어제와 다름없는 오늘도

꽃다지는 피어나지

시샘과 부러움이 뒤섞인 시선에도

뿌리에서 가지 끝까지 아름다운 세상

또 다른 내일 기다리는

빨간 석류 익어가지

Ⅲ부

그대 그리운 날에

저만치 우리 곁에
그려낸 들꽃 선율
낮아지고 낮아지라
손짓하는 겸손의 선물...

계절의 문턱에 서서
그대 사랑을 보오

까치우리 같은 텃밭에
털어내는 불꽃놀이
부퍼지다 삭아드니
피고지고 살고지고...

그것은 당신의 생명
그대 숨결 들리오

아버지

이맘때면 들려옵니다
치닫는 길모퉁이에

움푹 패인 상처 숨긴 그 긴 머리 사연들
온몸 핏줄 타고 도는 총알 파편들이 아버지가 되고, 작은 새들
되어 육이오 탄알들이 스쳐갑니다.

갈잎새, 엷은 춤사위에
흰 꽃을 그립니다

이별의 노래

-세월호 아픔을 달래며-

1.

회오리 바람이 에도는 날이면

저만치 들리는 파도소리 섧디 섧다

잔잔한 너의 목소리

못다 한 작별 인사

2.

배롱나무 붉은 꽃이 피는 날이면

엷은 귀띔에도 뒤돌아보는 내 어머니

그 마음, 타오른 꽃송이

못다 핀 소망 노래

떠올려 기억해

흐르고 흐르면 가끔씩 기억해 봐

키 큰 은행나무의 풍성함, 평화로움을

떠올려! 따스함이 있는 다정한 그 친구들…

가장 먼저 진달래꽃과 모시적삼 목련 웃던

그 뜨락 빨간 꽃 향연의 너그러움, 부드러움들

기억해! 힘겨운 마음 토닥대던 그 손길을…

시간여행, 그리움을 담다

여울목 대파람으로 아로새긴 목각 인형

기찻길 옆 물질하던 소년시절 망각했던

낯선 땅 우렁쉥이로 그리움에 잠겼다

어릴 적 내 모습이 그곳에 숨어 있다

어깨에 물지게 지고, 겁먹은 까만 고무신

낡아진 창문을 열어 사진으로 남겼다

그대는 1

산기슭에 미끄러진 햇살 하나 얼싸안고
틈입하는 푸르름에 하얀 분깃 붉어졌네
그리움 버틸 수 있는
기쁨이고
사랑이지

그대는 2

오르막 길
내리막 길
서투른 언약들

낮추리라
버리리라
사람과 사람이여

산야의
중도(中道)를 찾아
부서지는 산안개

가을 수채화

키 작은 나무에
그리움이 숨어들다

여리디 여린 잎새
안타까워 기도하는

아름찬 음성 잊혀질까
부르고 또 부르다

하얀 낮달 되었나
하얀 달빛 되었나

어제보다 더 따슨
햇살 같은 소망으로

뿌리 끝, 하늘 향기로
님의 선율 그리다

노을 바다

내 마음에 노을은 이룰 수 없는 사랑이라
다가서면 멀어지고 멀어지면 다가선다
그 슬픔 갯바람이라, 일렁이는 나의 마음

같은 마음 같은 생각 사모하는 사람아
같은 슬픔 같은 기쁨 변치 않는 나의 사랑
그 기쁨 솔바람이라, 그 그리움 대신하리

가을은

누군가에게 하소연하고
싶어질 때
가을은

지키지 못한 언약
할 말 못한
문자 대신

점점이
상흔(傷痕)을 태우며
낙엽으로
아름차다

누군가에게
그래도
필요한 존재라면

그만큼의 바램으로

작아지지

말라고

가을은

고개만 숙이며

낙엽 위에

적는다

코스모스

태양이 무늬 잣는
어느 오후

가을이 매달린 길목을 기웃거린다

무리진 아름다움에
낯선 곳도 좋아라

이름 모를 거리라도
해맑게 피어나서

외로운 나그네의 맘깃을 달래준다

풋풋한 송이 송이에
보고픈 얼굴, 그 모습

고목

해묵은 시계...
분첩을 잃고 섰다

겹겹의 슬픔을
토해내는 땅거미

등걸에 묻어둔 미움
그 마저 그리움

고적(孤寂)

은빛

물안개

능가산의 든가오름

아침 승방

설법 소리

수련꽃이 깨어나고,

섬돌 위

천공(天公) 고무신

천(千)의 얼굴 반긴다

멀리서

귀밑머리에 가려진

엄지만한 총알 자욱

힘줄에 드러나는

푸릇한 파편 이야기

호롯이 지새던 저녁 밥상

아버지의 전쟁터

드러내지 않은 등불

이 세상이 눈부시다

또 다시 아침이 오고

또 한 번 저녁이 가고

어딘가 모르는 그곳에

엷은 연잎처럼

10월의 기도

그 봄이 어느새

가을하늘 10월이다

호수에 잠긴 달

고요함이 부럽구나

찢긴 채

아픈 상흔들을

아물게 하소서

해바라기처럼

낮은 곳을 향해 구르는 빗방울

넉넉한 기다림과 아낌없는 사랑담아

휘휘휘

세상에서 가장 밝은

길꽃으로

살고 지고

허리 수술

요양보호 자격과정 등록을 하고 왔다

내색도 않으시더니 병상에 누우셨다

무심한 내가 미웠는데 수술경과가 좋았다

다행이다

하얀 솜꽃이 기대된다 목화싹이 참 고왔다

한 아이가 하나 둘 꺾어 반 이상이 끊겨갔다

괜찮니? 꼬옥 안았더니 올해는 무사했다

구두 수선

폭우가 내렸다

발이 다 젖었다

구두가 많이 닳아 수선하러 찾아갔더니

쓸 만큼 쓰셨잖아요! 내 몸도 그렇겠다

들꽃 강가에서

일어나 일어나라 봄바람이 노래한다

길마다 피어나고 밤마다 일렁이며

철없는 손사래 치며 가는 이를 붙드네

이 산과 들에 무리지어 반짝인다

소박한 소망 하나 주어진 소명이라면

분주함 벗어 놓으라 오는 이들 반기네

해후

꿈은 아직이어도,

물뉘누리 헤치고

뫼채에 든 굽이 산길

넘고 넘은 예그리나

서른 해 다다른 솔가리

낮꽃 피운 푸른 달

눈 내리는 날에

먼발치서 바라보는

네 모습은 아름답다

흩날리는 너의 맘짓

할 말도 못한 채

그 근심

사랑의 숨결

그대여 살피소서

그만큼 앓았더라도

네 모양은 곱디곱다

더 이상의 그리움

떨치려는 손짓들

그 수고

인고의 선혈

그대여 거두소서

IV부

갈 길을 찾아

1.

구름 위에 구름 창을 활짝 열면
산길 그 사이 놓인 길에 산과 산
견뎌야 볼 수 있는 길
호수의 진솔한 고백

2.

보이지 않는 나됨은 포기하고
없어지고 사라져도 부족함이 감사함이
우뚝 선 저 들녘 나무
물오르는 선한 맥

가끔씩 하늘을 보세요

가끔씩 고개 들어 하늘을 보세요
힘겨운 그대 삶에 따슨 햇살 들어와
아픈 맘 안아줍니다
누구보다 사랑해!

가끔씩 두 손 들어 하늘을 보아요
푸른 창 활짝 열어 먹구름 헤치고서
석양 빛 속삭입니다
무엇보다 고마워!

사색

항아리 틈새에

피어난 작은 실꽃

할 말 못한

전하지 못한

감사함 대신입니다

황톳길

거미줄에 걸려

기나긴 순종입니다

봄날 스케치

1.

바람에 일렁이는 이팝나무 하얀 꽃

키 작은 바자울을 차마 넘지 못하고

산모롱 봄을 접은 노랑 나비

나붓나붓 내게 오네

2.

덧니 나듯 샘솟는 여린 잎새처럼

에도는 이 강물, 솔섶 다리 건너면

해무리 저 들녘 미루나무

봄마루로 달려오네

휴가

물초 마을 다락방에

검은 영령

잠든다

작은 미늘에 걸려 든

나들목 방랑의 길

사흘째

해랑 이는 강

잃은 네가 다시 왔다

대금굴*에 가면

눈으로 보세요

5억 3천만 년 시간 여행

어둠 속 침묵 깨고

물여울 꽃세우다

예배자 다시 살아나

조각하는 너다움

마음으로 느껴요

언제 어디서나

그대 손 잡아주며

이 땅 위에 쏟아낸다

십자가 다시 일어나

빚어내는 나다움

* 강원도 삼척시 도계읍 대이리 산25번지 2003년 2월 25일에 발견되었다.
2006년 6월 20일에 대금굴이라 명명되어 천연기념물 제178호인 삼척 대이리 석회동굴

천수만에서

기다란 배암같이
아물대는 안면도
그리운 님 생각에
신열 앓듯 누웠구나
등대의 이정표대로
출렁이는 하얀 물살

넘칠 듯 밀려오고
쏟아질 듯 밀려나
두 주먹 다시 움켜
고개 들어 바둥대건만
내뱉는 긴 호흡에는
별무리가 쏟아진다

여수에서

오동도 대숲바람

내 마음 가로질러

뱃고동 소리 쫓아

부둣가에 오르니

산화된

불꽃자락이

저 산 위에 펄럭인다

눈부셔도 찬란해도

할 말 잃은 붉은 바다

소용돌이 가슴 안은

물고기들 숨 막혀라

구원의

쉴 곳을 찾아

바위 뒤를 맴돈다

섬진강을 바라보며

청아한 물줄기
절벽 아래 뻗어간다
내 영혼 싣고
저녁노을도 싣고
저 멀리
뵈지 않는 손
혼돈하는 삶의 지표

밀물처럼 다가오는
검은 자락 그 산줄기
체념한 뼈마디의
은밀한 항거여라
맞닿은
강폭 언저리에
씀바귀꽃 숨 쉰다

아드리아해

햇살이 찾아드는
순수한 아침 산책
비취빛 호수 위에
하얀 요트 연인들

물오리 여유로움이
구름 위로 오른다

작은 새와 나비,
별과 달 찾아드는
지구 한 바퀴 돌며
멋들어진 다이빙

우거진 숲길 사이로
겸손함을 엿본다

가우라꽃

보란 듯이 청초함을
하늘대는 발레리나

가로채는 따스함이
발길 닿은 대로변에

주어진 8일간의 휴식
가우라의 선한 마음

겔레르트 언덕을 오르며

마녀의 소굴, 왕궁의 언덕 위

치카델라 요새에 선명한 총탄 자욱

기리는 세치니 다리는

어둔 밤에 더 빛난다

성 이스트반 성당

성당 입구에 서면 누구나 읽는 글귀

나는 길이요 진리요 생명이다

(EGO SUM VIA VERITAS ET VITA)

건국왕 지혜의 입술이

거대하게 보였다

성 이스트반 성당

길을 가다

산자락 모퉁이 돌 걷어차며
내달리다

멈추고는 거친 손을 선뜻 내밀 때

산산이 쓸어낸 폭우...
버티어낸 나무 같이

해풍에 흰머리 날리며
마냥 가다

돌아보곤 막힌 말문을 먼저 열 때

바위에 부딪힌 파문...
끄떡 않는 바다 같이

압록강변에는

말없이 흔들리오
강물 위에 어린 산하
벼랑 끝 밭이랑에
얼룩말 무늬는
말굽에 짓눌린 자욱
바람 깃에 움츠리오

거슴푸레 빈 집들
만포시 고산리 마을
적막한 행렬 위로
까마귀가 치오르니
판소리 뒤따르더니
합죽선이 갈라지오

아이가 말이 없소

맨발로 돌을 차다

물장구치며 뱉는 소리

작은 음성 들어보니

저런 배 타고 갔으면

붉은 깃발 * 뒷짐 지오

서로가 서로에게

홍제천을 걸으며
서로가 서로에게
몸에 맞는 재단보다
살아온 마름질에
걸맞은 넉넉한 옷을 찾아주고 나누다

한강을 바라보며
서로가 서로에게
부족함과 모자람에
등을 돌리기보다
고마움 한 단계 키워 손잡으며 사랑하다

가을산

기나긴 인내로 견디는 기도 소리

노오란 게으름에 지칠 법도 하건만

좋은 벗 한 편의 시로 그대 향기 그윽하다

공연히 그래왔던 것을 고개 숙여 후회하나

불신을 태우려나 어머니 치마폭 같은

가을산 걸터앉아서 축복의 빛 쏟아낼까

사승봉도에서

1.

아침 갯바람이 어눌한 목소리 대신

졸보기안경 끼고 공깃돌을 또 줍는다

예비된 흑암 터널에서

유리별을 찾아내듯

2.

신의 호흡에 빨려 들어 죽을 수밖에 없는

그을린 혼령에게 비단조가비를 선뜻 준다

여름내 땀에 젖은 덩어리

유황불로 구워낸 듯

힘겨운 너에게

이맘때면 늘 들려와

또 다시 내닫는다

가던 길 멈추게 한 기구한 사연을

핏빛 서러움도 아름다움이더라

蓮잎새 큰 기다림도

서광으로 빛난단다

파도소리

푸르른 소리 모아

해당화꽃 피어나는

비탈진 모래사장이

햇살에 하얀 음표 그린다

담쟁이 작은 새가 되어

갈매기와 비상하네

강릉 바다

- 부채바닷길 -

비 내리는 강릉 바다

이천 삼백여 년 부채 바다

봄에는 연인들 사랑낙서를 기억하고 여름에는 아이들의 꿈을,

가을에는 붉은 아침햇살을, 그리고 겨울엔 차가운 바닷바람에도

찾아오는 사람에게 보답하려고

처얼썩! 오늘 같은 부채질

투구바위 웃음소리

사할린에서

고즈넉한 자작나무 숲길 빨간 코트 작은 아이

오호츠크해 푸른 나비 한글사랑 놀라워라

3세대 빛나는 얼굴은 뒤안길 삶 날갯짓

검푸른 망망대해 유유히 흘러가다

우리는 왜 사는가 멀미가 방해한다

내게 온 돔 서너 마리에 경외로운 즐거움

독도를 오르다

내리면 기쁨이고 오를 때면 큰 아쉬움

조국애에 함성소리 하늘 끝에 치달을 듯

모두가 한마음이다. 그러니까 우리 땅

태극기 손에 손에 너도 나도 독도 사랑

하얀 파도 바위빗장 시시비비 겨운 나날

손잡고 날 듯 올랐다. 대한민국 우리 섬

태백산에서 달을 만나다

1.

태초의 빛 하얀 상현달

산그늘에 기지개 펴다

주목나무 침묵 수행에

능선침을 고쳐 베었다

무녀의 숨비 소리에

산의 산을 또 오른다

2.

사람과 사람 사이

그 지문이 다를진대

당골계곡, 수금불류월(水急不流月)

그 달과 같아질까

특별한 천년을 사는

고사목의 삶처럼

낯설게 하기와 동일시의 길항

정경은(문학박사)

한 시인의 시 세계를 이해하려면 시인이 시에 대해 어떻게 생각하고 있는가 하는 견해를 살필 필요가 있다. 이선희 시인은 다음 글에서 시란 '옥죄던 응어리가 꽃으로 피어난 결정체'라고 말한다.

가만히 이름도 모르는 꽃을 들여다보고 있으면 어느새 가슴 한켠에 옥죄던 응어리가 시로 변하고... 감히 낯설게 하기에 불충분하고 동일시하기에 아직도 멀기만 한 이 시들을..

– 자서, 들꽃으로 피어나면

시인은 이름도 모르는 꽃을 들여다본다. 누가 들꽃 하나하나의 이름을 알 것인가. 평범한 이들에게는 하나의 들꽃일 뿐이다. 굳이 이름을 부르지 않아도 다가와 꽃이라는 사실은 변하지 않는다. 이름 모를 들꽃은 시인에게서 응어리를 끄집어내고 시인은 이를 시로 변주한다. 낯설거나 이름 모를 것들이 과거로 미래로 통하는 길임을 누가 알까.

또한 시인은 위의 글에서 '낯설게 하기'와 '동일시'에 대한 시의 정의를 이야기한다. 낯설게 하기란, 주위에 무수하게 흩어져 있기 때문에 무감각해진 돌이 돌임을 깨닫게 하기 위한 문학적 방법이다. 남들과 같아서는 그 이상을 넘어설 수 없음을 아는 것이다. 그러나 '낙엽은 돌멩이'라는 비유가 원관념과 보조관념 사이에 간격이 너무 넓기 때문에 아무런 감흥을 불러일으키지 못하는 것처럼 생경한 비유는 더 무감각해짐을 알고 있다. 그렇기 때문에 이선희 시인은 '동일시'를 이야기한다. 동일시란, 자기 이외의 인물이나 사물을 자기의 정체성으로 융화시키는 과정이다. 사물 속으로 들어가 하나가 된다는 것이다. 낯설게 하기와 동일시의 적절한 조화를 구사하는 이선희 시인의 시조를 본다.

1. 낯설게 하기

사진 속의 이선희 시인은 여성스러운 옆모습이다. 어떤 지점을 바라보고 미소 짓고 있는데 그리 강하게 보이지 않는 인상이다. 그런데 그녀의 시조는 강함과 부드러움이 공존한다. 이 장에서는 그녀의 강함에 대해서 이야기하고자 한다. 그녀의 강함은 낯설게 하기의 시에서 더욱 발휘된다.

이선희 시인이 낯섦을 낯설지 않게 여기는 태도는 다음과 같은 시조에서도 발견된다.

무리진 아름다움에

낯선 곳도 좋아라

이름 모를 거리라도

해맑게 피어나서

– 코스모스, 부분

　　사람과 공간은 낯설지만 꽃은 향상 봐왔었다. 무리지어 피어 있는 코스모스 꽃을 보면 비록 낯선 이름 모를 거리라도 좋다. 그래서 낯선 곳도 좋아라… 라고 빙긋이 웃었을 것이다. 낯선 곳은 어설픔과 아무도 모름 그리고 두려움과 설렘이 공존하는 공간이다. 이것이 시인에게는 매력으로 다가온다. 코스모스라는 이름이 품고 있는 혼돈과 우주의 질서라는 신비함을 보여주는 듯 이름 모를 거리라도 꽃은 두려움을 이기고 '해맑게' 피어난다. 이선희 시인이 위에서 말한 응어리가 시로 개화하는 순간이다. 산도 물도 설은 어느 지역에서 무리지어 피어있는 코스모스를 보았으리라. 지난날 우리의 강산에 의도적으로 심겨진 꽃은 코스모스 정도이지 않았을까 싶다. 길가에는 민들레가, 산에는 개나리와 진달래가 그득했지만, 코스모스는 산업화 시기로 개량작업 후에 계획적으로 심어졌다. 한국의 꽃이 아니기 때문에 코스모스에 붙이는 우리말 이름은 없었다. 이렇게 외래종임에도 우리의 낡은 사진 흑백 사진 어디에도 박혀있다. 그래서 이젠 한국의 풍경처럼 인식되는 특이한 꽃이다. 자연이기 때문에 더 친화적일 것이다. 이선희 시인은 낯섦을 낯설게 느끼지 않는다. 그녀의 이와 같은 태도가 낯설게 하기의 시편들로 자연스럽게 드러난다.

다음 시조 사승봉도는 인천 소재의 무인도이다. 거기에는 관리인만 한 명 사는데 매스컴에 소개된 이후 유명해져서 많은 사람들이 캠핑을 가거나 하는 곳이라고 한다. 섬에 대한 사람들의 의견은 '대체로 좋았다'이다. 그러나 시인은 다음과 같이 말한다.

신의 호흡에 빨려 들어 죽을 수밖에 없는

그을린 혼령에게 비단 조가비를 선뜻 준다

여름내 땀에 젖은 덩어리

유황불로 구워낸 듯

— 사승봉도에서, 부분

땀과 유황불이라는 시어로 찌는 듯한 섬의 더위를 이야기하고 있는 것은 알겠지만, '신의 호흡에 빨려 죽을 수밖에 없는 그을린 혼령'이라니 난해하다. 혼령은 죽은 것이고 조가비는 죽은 조개의

껍데기이다. 죽음이 죽음에게 '선뜻' 주는 선물은 바다의 선물과 같다. 바닷가에서 조개를 줍고 조개껍데기를 줍다가 우연히 발견한 비단 조가비, 마치 금을 찾은 듯 기뻤을 것이다. 무인도의 뜨거운 여름이 난해한 묘사로 선명해진다.

　이선희 시인의 낯설게 하기는 '강'과 '바다'에 대한 시조에서 주로 발휘된다. 강과 바다는 세월과 풍성함, 생명의 시작 등과 연관되는 심상이지만 이선희 시인은 낯선 모습으로 그려낸다. 다음의 시조에서 섬진강은 혼돈과 향기를 담고 있다.

저 멀리

뵈지 않는 손

혼돈하는 삶의 지표

밀물처럼 다가오는

검은 자락 그 산줄기

체념한 뼈마디의

은밀한 항거여라

－ 섬진강을 바라보며, 부분

　인간의 신체 가운데 선명하게 볼 수 있는 것은 손이다. 눈 가까이까지 자유로이 이동이 가능하기 때문이다. 그런데 위의 시조에서 손은 보이지 않는다. 명확하게 방향을 지시해야 할 삶의 지표는 '혼돈' 가운데 있다. 민중의 체념과 뼈마디밖에 남지 않은 고통스러운 삶을 보여주기 위해서는 보통의 방법으로는 불가능하다. 이를 위해 이선희 시인은 공감각적 이미지와 은유의 중첩을 사용한다. 산은 바다처럼 '밀물'로 다가온다. 밀물처럼 산하는 뒤덮는 민중의 함성을 산과 바다의 중첩으로 보여준다. 이선희 시인은 강을 통해서 역사를 보고 있다고 느껴지는데 섬진강과 연관된 역사는 동학농민운동이나 1919년의 만세사건, 그리고 여수 반란사건 등과 연관된다.

2. 동일시

시인의 자질 중 하나는 시적 대상과 같은 마음을 가지는 것이다. 이 세상 어느 것과도 통할 수 있어야 한다는 것이다. 이선희 시인은 이러한 자질을 보여준다. 동일시의 방법은 자연에 대한 관찰과 시화에서 드러난다. 보통은 화자의 편에선 동일시를 보여주지만, 이선희 시인은 시적 대상 편에서 주체를 향한 동일시도 시도한다.

언덕 위 마른 하늘빛

마디마디 시려라

색도 없는 까막눈이

어둠 속을 헤치고는

따스한 그대 손길

줄기마다 물드는데,

풀밭 위 엉킨 가슴들

이슬이고 싶어라

- 하늬바람, 부분

언덕 위에 하늘빛이 촉촉하지 않다. 메마르고 건조하다. 색도 없는 까막눈, 글을 읽지 못하는 사람의 눈을 까막눈이라고 한다. 그런데 그것은 색을 지칭하는 것이 아니다. 까맣다라는 말은 어두워서 보지 못한다는 말, 여기에서 연유된 단어인 듯싶은데 밤도 아닌 낮에 보지 못하는 심정은 밤보다도 더 안타까울 것이다. 글을 알지 못하는 눈이 어둠 속을 헤치고는 마디마디 시린 손이 따스한 손길로 봄을 느낀다. 하늬바람은 여름을 지난 겨울까지 서쪽에서 부는 바람이다. 하늬바람이 일으키는 손의 요술은 마디마디 시려웠던 줄기마다 물이 오르게 한다. 건조한 메마른 풀밭 위에 엉킨 가슴들은 이제 습기를 머금은 이슬이 된다.

누군가에게

그래도

필요한 존재라면

그만큼의 바램으로

작아지지 말라고

가을은

고개만 숙이며

낙엽 위에 적는다

- 가을은, 부분

　위의 시조에서 '그래도' 라는 어휘에 주목해 볼 필요가 있다. '그래도'란 앞의 어떤 상황을 부정하는, 강한 어조는 아니지만 그래도 그렇지 않아? 라고 동의를 구하는 앞의 말을 가볍게 부정하고 자기의 의지를 보여주는 단어이다. 앞에 올 수 있는 상황이란 '나는 존재할 가치가 없어' 쯤이 되지 않을까 싶다. '나는 가치가 없어'라고 말하는 대상에게 '그래도 누군가에게 필요한 존재야 살아만 있어줘'라고 말한다. 큰 의미를 부여하지 않아도 그만큼만이라도 작아지지 말라고 부탁한다. 우리는 어느 한 사람에게 만큼은 필요한 존재이다. 이선희 시인은 선생이다. 그 밑에 새

싹처럼 자라나는 아이들에게 이러한 꿈을 가지고 미래를 향하여 나아가게 할 것이라는 믿음이 든다.

가을은 왜 이러한 말을 하는 것일까. 가을은 겨울로 가기 전의 서글픔, 장년에서 노년, 삶에서 죽음으로 가는 과정이다. 여름과 겨울의 사이 잠간 왔다 가는 겨울, 그럼에도 결실은 풍부한 이율배반의 계절이다. 낙엽이 떨어짐을 보고 추수해 버린 텅 빈 논을 보고 과실을 다 따버린 나무를 보고 존재의 허무를 느꼈을까. 가을은 그럼에도 존재의 가치가 있다고 말한다. '고개만 숙이고'에서 '만'의 의미는 '다른 것은 까닥하지 않고 고개 하나만 숙이고'의 의미보다는 '할 말이 없다는 듯이 고개만 숙이고'의 뜻일 듯싶다. 말로 하지 않아도 알 수 있는 것, 그것이 보편적 동일시의 가벼운 힘이다.

사람과 사람 사이

그 지문이 다를진대

당골 계곡, 수급불류월(水急不流月)

그 달과 같아질까

– 태백산에서 말을 만나다, 부분

버릴 것과 돌아설 것을 구분하는 착한 미련은 '그' 마음이다. 이선희 시인은 '그'라는 지시 대명사를 주로 사용한다. 꼭 집어서 '그 지문' '그 말' '그 마음' '그 슬픈 동화' '그 책갈피' 등에서 발견된다. 보편적인 지문과 달은 아니다. 지문은 인간의 손가락이나 발가락에 찍힌 무늬이다. 이를 가지고 성격과 미래를 본다고 한다. 위의 시조는 이와 같은 신체의 지문을 말하지 않는다. 사람과 사람 사이의 지문을 말한다. 사람과 사람 사이의 지문이란 사귐의 무늬인가. 이러한 구절은 머뭇거리게 하고 시를 읽어가는 속도를 완만하게 하여 더 깊은 생각으로 인도한다. 당골계곡은 강원도 태백의 계곡이다. 수급불류월(水急不流月)의 풀이는 '물이 급하게 흘러도 달은 흐르지 않는다'는 말이다. 태백산에서 만난 날은 아무리 바빠도 '본질을 놓치지 않는 삶'을 살아야 한다고 말한다. 시적 대상과 동일시의 경지에 빠져든 시인은 어렵지 않게 듣고 이해한다.

3. 시에 대한 생각

각각의 시인은 자신만의 시에 대한 정의를 가지고 있으며 이를 이론적으로 혹은 시로써 형상화한다. 이선희 시인의 시에 대한 생각은 '책갈피'와 함께 간다.

흔들어대는 대로

움직이는 나무이고

울리는 선율대로

떠도는 구름이고 싶다

산턱의 색깔이 고와

수첩에다 끼웠다

– 산책, 전문

시인들의 준비된 자세는 그들이 수첩을 들고 산책을 한다는 데서 볼 수 있다. 산책을 하다가 떨어진 나뭇잎을 수첩에다 끼우기도 하고, 시상이 떠오를 때마다 그때그때 적어 넣기도 하는 시인들의 필수품이다. 이선희 시인 역시 이러한 시인의 자질을 보여준다. 위의 시조에서 시에 대한 생각을 해본다면 '나무와 구름이 되고 싶다'는데 있다. 위의 시조에 의하지 않아도 자연의 나무는 스스로 흔들리지 않는다. 바람이 흔드는 대로 움직일 뿐이다. 그런데 그것이 자연스러운 리듬을 가지고 있다. 구름 역시 자신의 의지가 없다. 구름은 바람이 불어 주어야 움직이고, 나무도 바람이 흔들어야 움직인다. 바람의 진행방향으로 나아가는 구름도 울리는 선율대로 떠돈다. 의도하지 않음과 자연스러움이다. 몸에 힘을 빼는 것이 중요한데 수영을 할 때도 몸에 힘을 빼야 나아가기가 쉽다고 한다. 시도 노동의 흔적이 있으면 나아가기 힘들다. 어렵게 쓴 시는 독자도 힘이 든다. 말은 쉽지만 그러나 그러한 경지에 이르기까지 버려야 할 원고지는 얼마나 많은가.

다음의 시도 갯버들 길섶의 마음을 책갈피에 끼운다.

빠듯한 일정대로 산줄기가 겹쳐져

병풍으로 가려진 지리한 생활들

갯버들 길섶의 마음, 책갈피에 끼워둔다

– 귀갓길, 전문

삶의 빠듯한 일정은 산줄기가 겹쳐진 것처럼 산 너머 산이다. 병풍으로 가려진 지루한 생활들, 병풍이 가리고 있기 때문에 지루한 생활인지 처음에 볼 때는 산뜻해 보이지만 변화가 없는 병풍 안에 갇힌 자연이라서 지루한 생활인가. 귀가하는 지친 길에 갯버들이 길 양편으로 나있다. 버들도 아닌 갯버들이지만 어디에나 있어 항상 흔들리는 갯버들은 길섶의 마음이다. 이를 감지한 이선희 시인은 책갈피에 끼워두었다가 시조로 형상화한다.

길섶에는 갯버들뿐 아니라 붓꽃도 피어 있다.

고즈넉한 길섶에 핀

자줏빛 붓꽃이 되어

지치고 지쳐도

혼자는 걷지 말라고

못다 한 슬픈 이야기

그 책갈피로 남으리

– 들꽃으로 피어나면, 전문

지친 귀가 길에 번잡하지 않은 고즈넉한 길섶으로 들어선다. 숲으로 산으로 들어가는 길 옆에 핀 붓꽃이 말을 건넨다. 지쳐도 지쳐도 혼자서는 걷지 말라고 하며 꽃이 함께 간다. 이러한 표현은 읽는 이들로 하여금 미소 짓게 한다. 마치 친구처럼 꽃이 나와 함께 걷지만 그럼에도 말로 하지 못한 못다 한 '슬픈' 이야기가 있고 이 사연들이 책갈피에 꽂혀지고 후에는 시로 남는다.

다음 시조에 의하면 좋은 벗은 한 편의 시가 된다. 시조와 벗은 같은 말이다.

좋은 벗

한 편의 시가 되는

그대 향기 그윽하다

– 가을산, 부분

한 편의 시가 되는 것은 그대의 '향기'이다. 벗과 시의 상관성이란 시의 대상을 친구처럼 여긴다는 것, 그리고 시는 시인의 벗이라는 것이다. 이선희 시인은 시조집 『그날 이후』의 자서에서 '어지러움과 권태로움 속에서 나는 좋은 사람들을 만날 수 있는 행운을 얻었다. 이제는 내가 존재하는 공간에서 슬픔과 괴로움, 기쁨과 즐거움을 함께 나누며 담소하고, 길섶에 피어난 작은 풀꽃의 미소도 사랑하게 되었다'라고 적는다. 그래서 서로에게 시적 상승작용을 불러일으키고 응어리를 토해내게 하는 이 시조문학이 소중한 것이리라, 앞으로도 이선희 시인이 낯설게 하기와 동일시의 길항관계를 적절하게 조화하며 친구 같은 시를 써낼 것이라 믿으며 이만 글을 마친다.

– 시조문학 통권179호 게재글에서 –

아름다운 동행을 위한 행복 버킷리스트 1

아침이면 어김없이 찾아오는 태양처럼 지나간 시간들의 그리움을 시조가 좋아서 쓴 작품들이다. 우리 겨레시인 시조 3장6구, 4음보의 율격 정형시로도 우리의 감성을 담을 수 있음을, 평시조와 엇시조, 사설시조 형식을 빌어 26년간 전수하는 세월을 보냈다. 지금까지 지내온 삶에 싱그런 강바람이 '잘 지냈다, 수고했다'고 위로해주는 듯하다.

눈물겨운 일상도 이제 아름다운 추억들이다. 낯설게 하기와 동일시의 길항 덕분이다. 지치고 힘겨운 우리의 삶을 낯설게 하는 망각이 힘이 되고, 자연 사물을 새롭게 조명하는 동일시로 일상을 위로받는 새로운 에너지 원천이다.

힘찬 항해 메시지에 준마처럼 달려온 행복한 순례자로 자신과의 약속, 내 인생의 버킷리스트이기도 한 시집이다. 그동안 함께했던 많은 사람들과의 만남이 기쁨이 되고, 혹은 오해와 다툼마저 마치 시간여행을 끝내고 난 그리움 같이 정겹다.

가난하지만 희망을 잃지 않았던 괭이부리말 아이가 자라 초등학교와 중학교, 고등학교, 그리고 서울에서의 학창시절과 교직생활 속에서 느낀 질곡들이 대자연에 반추되어 보리밭 같이 솟아나는 기쁨이 있었다. 스승님과 선배들의 가르침에 다시금 고개가 숙어진다. 삶의 마지막까지 함께하며 소중한 순간을 사진으로 시로 담고 싶다. 당당함으로 해무리지고 별빛 쏟아지는 날에 불현듯 내게 다가오는 웰 다잉시대에 아낌없는 사랑에 감사하고, 세상에 하나 밖에 없는 아름다운 동행으로 서로 의지하며 너털웃음을 오래오래 사랑하고 싶다. 우리 삶을 위하여 날마다 주님 축복을 기원하며, 가져다 준 아름다운 선물! 남은 시간은 그 이름 오래오래 부르고 부르리라.

시간여행, 그리움을 담다

지은이 이선희

1판 1쇄 발행 2019년 2월 20일

저작권자 이선희

발행처 하움출판사
발행인 문현광
교 정 성슬기
디자인 박진우
주 소 광주광역시 남구 주월동 1257-4 3층 하움출판사
ISBN 979-11-88461-89-9

홈페이지 www.haum.kr
이메일 haum1000@naver.com

좋은 책을 만들겠습니다.
하움출판사는 독자 여러분의 의견에 항상 귀 기울이고 있습니다.

이 도서의 국립중앙도서관 출판예정도서목록(CIP)은 서지정보유통지원시스템 홈페이지(http://seoji.nl.go.kr)와 국가자료종합목록시스템(http://www.nl.go.kr/kolisnet)에서 이용하실 수 있습니다. (CIP제어번호 : CIP2019004500)